歌　集

ちろりに過ぐる

morii masumi

森井マスミ

短歌研究社

ちろりに過ぐる　目次

Ⅰ

白桃の芯　8

『死の棘』日記　33

ひかりごけ　48

默深し　60

Ⅱ

鹽　壺　66

白菊の萼　97

河内十人斬り／告白
―今様　久米歌　Re-Mix　116

Ⅲ

花茗荷 144
みづの記憶 149
杏仁霜 153
遺失物 158
幻肢痛 163
默の坩堝に 167
ちりつばき 171

Ⅳ

阿佐緒より 184
六〇〇〇度の愛 189
あとがき 205
初出一覧 209

ちろりに過ぐる

I

白桃の芯

三島由紀夫作「班女」(『近代能樂集』より)
登場人物　狂女／花子　老嬢／實子　青年／吉雄

約束は秋、といふのに手にならす扇の骨はきしきし冷えて

(秋風うらみあり)わさわさと白妙のそでからまりぬ回るドラムに

たまかぎるはろかに見えてゆふがほの扇かはししひとの面差

（音信《おとづれ》をいつ聞かまし）と公園に長き影ひく鳩、二羽、三羽

ゆふづきのあふぎをけふもたづさへて花子の姿　かの驛にあり

踏切の音鳴りやまぬゆふぐれは死者のめざめの雅樂のやうね

世界中の男の顔は、みんな髑髏（されかうべ）なんだわ

夕刻の列車は柩　をとこらの落ちくぼみたる眼は爛爛と

雑沓に雨降りだして　いにしへの大路小路をおほふ土の香

戀得るはかくまで淸(すが)しはつなつのこころをさらふ遠き手のひら

戀ならぬこひにまよひて卓上の白桃の芯、紅(べに)を濃くする

ことより思ひみだれて〳〵胸の間に螢あるらん、焦がるるるるるる

傘をうつ雨の螢となるよふけ貴布禰の杜に〳〵魂や歸り來たれ

降る雨に潮（うしほ）の匂いつからかこころ遠流（をんる）の小島のやうに

ガラス窓鎖して夜から逃げ出して舟なき島にひとを思ひぬ

かなしみにありてわが乞ふくれなゐの鹽　昨夜（ゆふべ）から雨が止まない

白群（びやくぐん）のあぢさゐ遠くなほとほき蜩の聲、わたくしの聲

百合の蘂つややかに反り死ののちも受胎告知のゆめ覺めやらず

空蟬の聲ゆれてをりむらさきの靄たちこめる林となつて

音信はいつしか絶えて空映す百の盥に鶴降り來たる

一月の陽はうつすらと病院の防火扉のところまで來る

赤に沿つて引かれた青が（運命のやう）足許で右にわかれる

空き室のガラスのきしみ場違ひの場にひとつづつ石は轉がる

置いてきたビニール傘の白銀(しろがね)にだれかの指がふれた氣がする

吸ひさしの煙草のけむりむらさきの記憶、未來を葬りて冱ゆ

浴室の石鹼まるくかしこまりことばはつかに感情をそらす

驛前の大きな空地さびついた鐵條の先に冬の虹見ゆ

待つことは天秤のやうからだからひとつづつ錘（おもり）をとりだして

蔓茘枝庭にはじけて　鳥邊野をけむりはとほく東にむかふ

（吉雄さん、痛くはないわ）鳥葬の鳥惜しむごと死者をついばむ

その上の喪服は白く御手洗川に〳〵螢離るるるるるるるるるる

（世間(よのなか)はちろりに過ぐる）待つといふ長すぎる時間さへも、ちろりに
かなしみに迷ひの堰は流されて鶴の翼はななめによぎる

樋（とひ）を打つ雨　あのひとのにほひからわたしの影を消してゆく、あめ

ひと憎むすべは知れども花樗（あふち）散りゆくそらにかぜはよりそふ

綴り刺せてふきりぎりす　ひとはなほこひのことばにいのちながらふ

蟲の音はほそくなびいて　愛戀といふ假縫の絲ほぐす老女

新聞傳ふ「狂女の悲戀、井ノ頭線何がし驛の古風なロマンス」

（な見さいそ）消息（せうそこ）知らす紫草（むらさき）のインクにほへり花子のにほひ

新聞に鋏　中國紅茶（ラプサン・スーチョン）はくれなゐの香を熱くひろげる

雪片のやうに散る文字あふぎゐの月なづみつつ西にかたぶく

「私、あなたの裸が好きだわ」

完璧な不幸だなんてテーブルに茄子の紫紺の肌きずつきて

眞夜中の窗閉めませう花子さんあなたの寝顔が見えないやうに

「花子さんはゐますか?」

「ただ置きて霜にうたせよ」玄關の鉢の蘆薈（アロエ）のやはらかな棘

「するとあなたがねがつてゐるものは、あの人の幸福ではないんですね」

俗悪な幸福よりも　ゆつくりとガーベラの茎、蟻はのぼつて

アボカドの種子に立てる刃　待つといふ時間はひとを透き通らせる

「愛されぬ人間といふものは、怖ろしいことを考へ出すもんですね」

愛なんて言葉の詐術ふたつあるピアノの鍵(かぎ)は捨ててしまつた

「花子！　僕が來たよ」

待つといふ時間は熟れて白葡萄棚見上げればとほく青空

「僕がわからないのか、花子」

給水塔は梯子の影をたてかけて　愛は救ひのほかなるかなた

「あなたはちがふわ」

ゆつくりとまぶたを閉ぢてやはらかき乳房（ちち）にしづめる扇の月を

「私は待つ」

寛容と拒絶あざなひ　待つといふ時にさやげりゆふがほの白

暗轉の闇のつづきに地下鐵の二番出口はともされてあり

#『死の棘』日記

島尾敏雄の一家は、昭和二十七年三月、神戸より東京都江戸川區小岩町に轉居。當時、伸三は六歳。マヤ、四歳。妻のミホはカケロマ島の祝女（ノロ）の家系の娘で、特攻艇「震洋」の隊長だつた敏雄と戀に落ちた。

＊カタカナ書きの一部は、ミホの出身地である奄美の言葉。

昭和二十九年九月三十日　この晩より蚊帳つらぬ。

陶然と夏は終りぬぼくたちが三日眠らぬ眼（まなこ）の奥で

へちま水瓶にあふれて去年より尖れる妻の頬にのせる手

ミホはぼくの足の甲を泣いてさする

「この足を持つて行き度い」鳴きかはす百舌鳥はこころの樹間をわたる

斷崖のやうなる眠り　のぞきこむ吐息にふれる吐息があつい

ソバニヰテイイノデスカ

重ね合ふことばよりたしかなるもの　夜は廊下をゆくぬき足で

「オカアサンモウ死マナイノ？」薄闇に長き背をしならせる白猫

約束と時間がゆっくり交差する「イイガイイガスレ」[*]百日紅散る

＊いいから、いいからしなさい

十一時五十分、伸三の寝言

尾燈（テールランプ）がいつまでも赤い「ぢっちゃん、ごっこん、……もう終りでしゅ」

子供たち鶏一羽死んだと報告

明日（あした）とは子があそぶ庭　食卓の卵の籠に陽射しはとどく

母の死んだ日、寫眞を見る。

あの日から癒えない渇き　母といふ大きな甕に水搖れてゐた

隣人のやさしさのやう　大丸の屋上庭園木馬ゆれゐて

「出撃用意」のまま終戦
生還とその後の地獄　朝顔の蔓やうやうに蕾をつける

「島尾隊長とあなたはちがうひと」
ぼくでない僕に嫉妬すあの頃は死がにぎりあふ手のやうだつた

旅に出てゐる私の身になつて船ゆれをまねてゐる

距離はひとをやさしくさせる午前二時廊下の汀、身を揺らすひと

妻とのあひだが肉離れして行つた原因はわからないが

がらんどうになつてゆく妻　雨後の風芽吹く草木のにほひをはこぶ

蚊帳に這入り身體をさする

嬉しい（ホホライ）とミホはわらつた雪解水あつめて太る川のつめたさ

飯を炊き乍ら泣いてゐるミホ

「＊トウンデナイ、クヘイ、クヘイ」と終りなきおとぎ話を聞かせるやうに

＊淋しい、つらい、苦しい

「トシヲニゲチヤイヤキチガヒニサレテモマダハナレラレナイミホハバカデス」

嗚咽する妻はもうぢき鳥になる愛すべきものなべてちひさし

眠りなき睡眠のさなかもう水を吸はなくなつた莖がはなやぐ

七月四日

枇杷、トマト、卵、文春漫畫讀本、國府臺驛前で買ふ

ミホがぼくの小説を清書した

清書するひとの指先　卓上に梅雨の晴れ間のひかり澱んで

八月十日　朝から發作ハジマル。直哉自殺未遂。

土のにほひ、運ばれてくる　鳴りやまぬ著信音のやうな驟雨に

眠られぬ妻の夢より逃げ出しし獣(けもの)の背中　白やはらかし

大きな蛾窗を出てゆく恢復のきざしはつかに感じる夜更け

朝六時手洗ひにたつミホの足音遠ざかり蚊帳をたたみぬ

水蜜桃その球形に鎖(とざ)されたままゆつくりと熟れゆく果肉

森井マスミ歌集

ちろりに過ぐる*栞

リミックスと述志　藤原龍一郎　2

劇という方法　尾崎まゆみ　5

シミュラークルの挑発　吉川宏志　9

引用の彼方に　加藤治郎　13

短歌研究社

リミックスと述志

藤原龍一郎

ゆるぎない表現意志に貫かれた一巻として、緊張しつつ作品を読みすすんだ。

収録されているそれぞれの一連の背後には、森井マスミが影響を受けてきたであろう、先行するさまざまな作品や作者の存在が見える。そして、それが見えることにより、森井マスミの作品は、より深く読者の心に突き刺さってくる。それは単なるディレッタンティズムではない。時には短歌の反歌としての生理を駆使して、あるいは、韻律により物語を語り直し、さらには、元の作品から受けた刺激を昇華して、新たな表現として生誕させるという試みがなされている。読者としての私は、そこに興味をもち、好奇心を刺激され、原作とはことなる位相の文学的な感銘を受けることができる。


（世間(よのなか)はちろりに過ぐる）待つといふ長すぎる時間さへも、ちろりに

巻頭の五十首の大作「白桃の芯」の中の作品で、この歌集の題名として選ばれた「ちろりに過ぐる」が詠み込まれている。このフレーズは、あとがきに記されているとおり「閑吟集」の小歌「世間(よのなか)は　ちろりに過ぐる　ちろり〳〵」を出典としている。

「ちろり」は「瞥見するさま」「光陰の過ぎるさま」という解釈が普通だが、作家の秦恒平は「ちろり」には酒器の「ちろり」の意味であり、さらには、酒の燗がつく間の短い時間に男女の交情の

はかなさを読み取るべきではないかと、述べている。一連全体が、三島由紀夫の『近代能楽集』の「班女」を下敷きにしているわけであり、当然、森井マスミの意識にも、秦恒平の解釈に共通する思いが浮かんでいたのではないだろうか。そして、歌集一巻の通奏低音としても、この思いは常に響いているわけなのだろう。

島尾敏雄や武田泰淳や小笠原賢二や上田秋成の文学に韻文で肉迫し、その志を継ごうとする意思は強靭な響きとして読者に伝わってくる。もちろん、そういう文学意識の根底には、森井マスミの師である塚本邦雄の偉大な表現世界が広がっていることは言うまでもない。

「河内十人斬り／告白―今様　久米歌　Re-Mix」という異色作についても触れておきたい。「河内十人斬り」は河内音頭のスタンダードナンバーで、明治二十六年に当時の河内の国赤坂村水分で、男女関係と金銭の恨みから、熊太郎と弥五郎という二人が村人十人を殺して後に、山中で自殺したという事件を歌う内容である。現代では、大阪の浪曲師京山幸枝若の十八番であり、また、作家の町田康が『告白』という大長編小説にまとめている。森井マスミは、七五調の言葉においては京山幸枝若の浪曲を参考にして、主題の設定は町田康の小説からインスパイアを受けているようだ。そして、この作品のモチーフは「久米歌」としての詠い返しにあると思える。久米歌は敵を調伏の祈りの歌であり、「撃ちてし止まむ」との結語で締められる。町田康の『告白』の主題は、人間の存在の意義の探求であり、その探求のための言葉と行為の不可能性であろうと思う。森井マスミはそこに、久米歌Re-Mixという方法意識を導入することで、人間の愛憎の根底にある攻撃性を浮上させてみせた。それは、そのまま、現在の世界での絶えざる戦火に通じている。それは塚本邦雄が生涯の主題とし続けた「戦争」ということである。

「今日もなほ記憶になまなましい軍国主義と侵略戦争、今日も世界の到るところに勃り、かつ潜在する殺戮と弑逆。明日以後のいつか必ず、地球は滅びるといふ予感、その絶望が常に、私の奏でる歌の通奏低音となつて来た。今後もそれは続くだらう」

これは塚本邦雄の歌集『魔王』のあとがきの一節だが、この思いを森井マスミ版「河内十人斬り」を「音頭＋久米歌」で顕現させて見せたのではないか。「ヨーホイホイ、ハードシタエンヤコラセ、ドッコイセ」という河内音頭ならではの囃子言葉が、最終場面では「撃ちてし止まむ」「撃ちてし止まむ」とのリフレインに至り、さらに結語は河内音頭の「今は昔の物語」と詠い収められる。そこには存在の悲哀が滲んでいると私には思える。

死者たちを「同胞」と呼ぶ聲遠く　ジギタリス水吐きだして朽つ
數に溺るる爲政者と鮮紅のダリア蘂より腐す長雨

「みづの記憶」と題された一連からの二首。これらの歌から「赤い旗のひるがへる野に根をおろし下から上へ咲くジギタリス」や「鮮紅のダリアのあたり君がゆかずとも戦争ははじまつてゐる」といった塚本邦雄の名歌を連想することは容易である。これもまた、師の作品を、この激変する現在にふさわしくリミックスしてみせたということではないか。

森井マスミは短歌という定型詩形の力を信じている。その確信は、塚本邦雄の表現の強靭さを実感することで、醸成されたものにちがいない。

「言葉をもって自己と他者を裁断し、虚構に溺れ込まない意志だけが、連鎖的に引き起こされる不定形な「死」を、くいとめる力となりうるのである。そして「短歌」という「形式」にできることは、決して小さくないはずである。」

この歌集に先立って上梓された評論集『不可解な殺意　短歌定型という可能性』の巻頭評論「定型と批評――第二芸術論から遠く離れて」の結論部で、森井マスミはこのように言挙げしている。この言葉は現在、短歌を自らの表現形式として意志的に選択しているすべての者にとって、繰り返し自問すべき詩の核心の真実ではないか。

リミックスと述志の止揚という稀有な表現を駆使する歌人の登場は、塚本邦雄の死以後、緊張感を喪失し沈滞しきった短歌の世界に、確かに一陣の風を巻き起こすはずである。

こころざしなかばとだえてはつなつの晝夜をわかつ烈風一過

劇という方法　尾崎まゆみ

森井さんと初めてお会いしてからもう十年以上たつのに、その外見に時の流れの跡はほとんど見つけられない。森井さんは、少女のような雰囲気を持ち、人形のような容姿のなかにきらりと細身の刀が仕舞われているような感じ。この歌集に先立って出版された『不可解な殺意』のカバー見返しにある著者近影をご存じだろうか。アールヌーボーの雰囲気を纏う女性二人の写真を背景に写っている彼女は、妙に背景に馴染んでいる。あの感じが森井マスミさんである。日常は見せていないわけではないのだけれど、見えにくい。感情もしっかり見せてくれてはいるのだけれど、制御しているような感じに見える。

この印象は「玲瓏」に発表された初期の歌を集めたⅢ章にしっかりと裏打ちされている。整理されて納められた歌はすべて完璧。隙も解れも見せない。

われを措き滅びたるてふ世の涯（はたて）あたりににほひたつ花茗荷

いきてゐることの既視感魚（うを）放つ水に溶け出すそらの手ざはり

からすみは鹽になじみてぷつぷつと音たてて消ゆる水棲の戀

たとえば塚本邦雄『閑雅空間』（彼女はこの歌集がことのほか好きらしい）の静謐を思い出させるようなこれらの作品は作者初期の頃のもの。言葉の選び方、並べ方が巧み、そしてその巧みさには塚本邦雄の言語感覚の影響がはっきりと見える。「花茗荷」の歌など塚本の作品といっても誰も疑わないだろう。それほど彼女は最初から巧い。塚本の言語感覚を完璧に受け取り、完璧に制御している。本歌よりも本歌らしい、そこが森井マスミの短歌の唯一の欠点のように思われていた。けれどじっくりと味わうと、塚本邦雄とは微妙にしかも決定的に違う。彼女の歌に閉じ込められた感情は少し淡く、あきらめのようなものが交じる。女性のほんのりと匂い立つ奥ゆかしさ、悔しさを秘めつつどこか淡い。この淡さは「私」を生きている実感の薄さからきているのかもしれない。「われを措き滅びたるてふ世」「いきてゐることの既視感」「音たてて消ゆる」。「消ゆる」。「滅ぶ」。「既視感」。彼女の短歌は、塚本邦雄の「滅びの美学」を継承しながらもそれを支えている「私」の怒りや焦りなどの感情が淡い。くっきりとした輪郭と強靱な美学を持つ完璧な歌でありながら、「現実の手触り」が淡く、危うい壊れ物のような印象が勝る歌。それが彼女の歌の特質であり、そこにいのちの手触りの薄い時代を生きている作者の世代の切実な思いも感じられる。

＊

そのように森井さんの短歌を思いながら『ちろりに過ぐる』を巻頭から読んだのだが、この歌集の構成はかなり特異である。私の姿も私の生活はほとんど見えない、という印象を持つ読者は多いだろう。劇のような一連が続くのに戸惑う方も、いらっしゃるだろう。元々和歌には歌物語という伝統もあり、塚本邦雄の歌集『水銀傳説』もランボーの物語を背景において展開しているので、一連の中心に物語を据えるのはそれほど珍しいことではないが、歌舞伎の演目のように何幕も趣向をこらして展開する歌集は珍しい。

なぜ演劇なのかを考えるとき参考になるのは研究者としての森井さんの専攻だろう。森井さんの専攻は近、現代演劇。二〇〇五年には一九九九年二十八歳という若さで逝ったイギリスのサラ・ケインという劇作家について、翌年二〇〇六年には唐十郎についての評論で、二年連続国際演劇家協会主催のシアターアーツ賞の佳作となっている。森井さんはそれほど演劇を愛しているのだ。（この経歴を知ることによって彼女の短歌にある「私」に、そして現実に対する不信感、あるいは違和感についての説明も裏打ちされることだろう。）

巻頭の一連は三島由紀夫の戯曲「班女」が下敷きの二重の本歌取りともいえる「白桃の芯」。次は、島尾敏雄『死の棘』が下敷きの「『死の棘』日記」である。

かなしみにありてわが乞ふくれなゐの鹽　昨夜（ゆふべ）から雨が止まない　「白桃の芯」
置いてきたビニール傘の白銀（しろがね）にだれかの指がふれた氣がする
樋（とひ）を打つ雨　あのひとのにほひからわたしの影を消してゆく、あめ

ミホはぼくの足の甲を泣いてさする
「この足を持つて行き度い」鳴きかはす百舌鳥はこころの樹間をわたる　「『死の棘』日記」
斷崖のやうなる眠り　のぞきこむ吐息にふれる吐息があつい

このような歌を読んで、劇という方法は彼女に合っていると、私は確信した。ここには、人形のような感情の薄さはない。人形であることをやめてお芝居の中で生き生きと動いている。たとえば浄瑠璃人形が黒子によって命を吹き込まれるように、その吐息さえも身近に感じられるほどリアルに迫ってくる。彼女は短歌によって生かされ泣いたりわらったり恨んだり。たぶん彼女が理性で押さえていた感情を思う存分体験しているように見える。実は私はつい最近まで、森井さんは浄瑠璃の研究者であるとぼんやり思っていた。浪花生まれの彼女にあの連綿と嫋嫋と哀憐を伝える浄瑠璃以上に似合う劇はないと、思い込んでいたのだが、今回『ちろりに過ぐる』という後ろ盾を得て確

信に変わったことが個人的にはかなりうれしい。

「私」とは不思議なもので探そうと思えば拡散して見えなくなり、探し当てられない。消そうとしてもどこかにその片鱗は残る。演劇は自己解放の場所。彼女は劇仕立てという方法によって「私」の存在を確かめかったのかもしれない。第一歌集で早くも様式のなかでこそ際立つ「私」を発見した森井さんは、強靱な美学と意志にしなやかさを加えて、次はどんな世界を見せてくれるのだろう。楽しみでならない。

シミュラークルの挑発　吉川宏志

本書『ちろりに過ぐる』を読んで、非常に困惑する人は多いことだろう。私もその一人であり、それが自然な反応だと思っている。

「二次創作」という言葉がある。たとえばヒットしたアニメの『エヴァンゲリオン』の設定を借りたマンガなどが、大勢のファンによって無数に作られる（登場人物を使って、別のストーリーが生み出されたりするのである）。こうして、オリジナルの作品を変形・コピーした作品（二次創作）が、際限なく生み出されることで、何がオリジナルか、誰が真の作者なのかがわからなくなってしまう。

それがポストモダン以降に注目されるようになった「シミュラークル」（オリジナルでもコピーでもない中間形態）の問題である。

歌集冒頭の「白桃の芯」は、森井マスミの問題意識が最もわかりやすくあらわれている一連だろう。この連作は、三島由紀夫の『近代能楽集』の一編「班女」を原作にしたもので、おもに登場人物の花子に成り代わって歌われている。しかしもともと『近代能楽集』自体が、古典の能の世界を現代的にアレンジすることで成立した作品なのである。そして能の「班女」も、世阿弥作と言われてはいるけれども、今日（こんにち）的な意味での〈作者〉が存在しているのではない（おそらくさまざまな演者の手が加わりながら完成したものだろう）。

つまり、この「白桃の芯」というテクスト――「テクスト」には編み上げられたもの、という意味がある――には、文学における〈作者〉とは何か、という問いが根底にあるのである。そして、短歌で従来言われてきた〈私〉も、本当に存在しているのか疑わしいのではないか、という挑発が込められているのであろう。一首挙げれば、

樋（とひ）を打つ雨　あのひとのにほひからわたしの影を消してゆく、あめ

のように、恋人を長いあいだ待つあまり、心を病んでいく花子の思いが歌われているのだが、ここにあらわれている「わたし」の内面は、リアルなものなのか。読者はどこまでそれに共感することができるのか。

森井マスミは、この歌集で〈作者〉そして〈私〉への懐疑を、くりかえし表現している。「『死の

棘』日記」や「ひかりごけ」などの小題にあらわれているとおり、ほとんどの作品が、過去のテクストを短歌に変成させたものである。その徹底性において、『ちろりに過ぐる』は、非常に異色な問題作である。

私はこの試みが必ずしも成功しているとは考えないが、森井マスミの渾身の問いかけに対して、既成の歌人たちが反論していく価値は、十分にあるのではないか、と感じる（むろん賛同してもいいのだが）。

反論の方法はいろいろあるだろう。

私の問題意識に即した回答を述べれば、森井の想定する〈私〉には、身体性のようなものが欠落しているのではないか、と思う。

畢竟は違（たが）はぬうつつまぼろしの詩歌、底ひに水奔るなり
いくさつひにおこらざりしが突風になぎたふさるる千のマネキン

これらの歌は塚本邦雄の「詩歌変ともいふべき予感夜の秋の水中（すいちゅう）に水奔るを視たり（『詩歌變』）」「突風に生卵割れ、かつてかく撃ちぬかれたる兵士の眼（『日本人靈歌』）」「今年戦争なかりしことも肩すかしめきて臘梅の香の底冷え（『獻身』）」などの二次創作あるいはシミュラークルであるといえる。しかし、シミュラークルだから悪いという批判は、ポストモダン以降は成立しない。ただ、ここにあるのは塚本の韻律のコピーであって、森井マスミ自身のリズムや息づかいはあらわれていないのではないか、という不満はもつ。

短歌を読んでいると、作者の声のようなものが聞こえてきて、どきりとすることがある。会ったことのない作者でも、たとえば西行や斎藤茂吉の歌を読むと、たしかになまなましい〈声〉を感じ取ることができる。短歌の〈私〉とは、その〈声〉によって髣髴と浮かび上がってくる存在なのではないか。たまたま今読んでいる本に、「作者は作品を生み出さないが、その逆は真である。作品は、その作者を生み出すのだ。」（ジャン＝リュック・ナンシー他『作者の図像学』）という言葉があったが、私も深く同意する。

つまり、森井マスミは、作者の経歴（年齢・性別・生活環境など）を超越した〈私〉を仮構的に作り出そうとするのだが、短歌の〈私〉には、もう一つ別の面があって、作品の韻律や視点が生み出す〈私〉も存在するのである。

たとえば「白桃の芯」では、私は次のような歌に、作り物ではない、ほのかなリアルさを感じる。

置いてきたビニール傘の白銀（しろがね）にだれかの指がふれた氣がする
驛前の大きな空地さびついた鐵條の先に冬の虹見ゆ
待つことは天秤のやうからだからひとつづつ錘（おもり）をとりだして

これらは『近代能楽集』には存在しない情景をオリジナルな視点から描いたものだ。ビニール傘に触れる指のひんやりとした感じ。駅前の空間の静かな遠近感。身体から錘を取り出すという不思議な比喩であらわされた、待つことのかなしさ。

こうした歌の手触りから、ゆらゆらと浮かび上がる人物の像がある。コピー的な作品からは感じることのできない、身体的な存在感である。短歌の〈私〉において最も大切なのは、それだと私は考えている。作者が仮構か現実かは、さほど大きな問題なのではない。

歌集の栞は、あくまでも作品の紹介にとどまるべきだろう。けれどもこの歌集の場合は、森井マスミの思想と直接対決する形でしか、私は書くことができなかった。逃れられない問いを、短歌に安らぎを求めようとする私たちに突きつけているからである。笠井潔の『バイバイ、エンジェル』の如く、読者に思想戦を挑んでくる一冊であると思う。

引用の彼方に　加藤治郎

「白桃の芯」五十首に長く立ち止まった。現代短歌の表現史の苦闘が自ずと思われた。森井マスミの試行は、塚本邦雄の「水銀傳説」、岡井隆の「ナショナリストの生誕」、馬場あき子の「橋姫」といった昭和三十年代以降の主題制作の系譜に繫がるものである。今、こういう壮大な構想は稀少である。〈私〉だけを頼りに即興的に歌が作られている。何の用意もない。そういう歌が溢れている。即興を一つの方法と言うことができるのは、表現史の試行錯誤の果てに立った者のみではなかろうか。

（秋風うらみあり）わさわさと白妙のそでからまりぬ回るドラムに

世界中の男の顔は、みんな髑髏（されかうべ）なんだわ

夕刻の列車は柩　をところの落ちくぼみたる眼は爛爛と

ことばより思ひみだれて〳〵胸の閒に螢あるらん、焦がるるるるるる

浴室の石鹼まるくかしこまりことばはつかに感情をそらす

（世閒（よのなか）はちろりに過ぐる）待つといふ長すぎる時閒さへも、ちろりに

「白桃の芯」から引いた。三島由紀夫『近代能楽集』の「班女」が下敷きとなっている。三島の作品は翻案という範疇を遙かに超えている。とりわけ、第五場は独創的で、その美しさは比類ない。ここに何か付けようという企ては野心的であるというほかないが、森井マスミはむしろ淡々と自らの世界を展開している。ときには、原典にそっぽを向いている。自在である。それは短歌形式が何時如何なるときも独立した小宇宙を形成し得るという特質をもっているからだ。森井はそれを熟知している。

一首めは「秋風うらみあり」と『近代能楽集』の向こうにある謡曲「班女」からの引用である。いや、李白の「獨坐怨秋風」からの引用と言うべきか。謡曲「班女」自体絢爛たる引用の織物なのである。歌の場面は、洗濯乾燥機で白いYシャツが絡まっている様子だろう。初句は九音。続く五音（わさわさと）五音（白妙の）の停滞は袖の絡まる感じを表している。そして、不如意な恋の暗喩になっていることは言うまでもない。それにしても「秋風うらみあり」から現前の乾燥機まで僅

かな句の中での時空の飛び方は凄まじい。短歌ならではである。

二首めの詞書きは、三島の「班女」を踏まえている。恋い焦がれる男の顔だけが生きているというのだ。髑髏の想念から「夕刻の列車は柩」が導かれた。恋の情緒はなく、現代人の酷薄な描写となっている。

三首めは、隆達節歌謡からの引用。謡曲「班女」、三島の「班女」といったラインに囚われず、自在に引用されているわけである。「ことばより思ひみだれて」はどう解釈したらよいだろう。「より」を比較の意味合いとする。詞よりもっと思い乱れてということだ。そうすると、詞は思い乱れる様に届かない、思いは詞を超えた何かだということになろう。そう解釈した。一方、「より」を「から」というような起点の意味と受け取ることもできるだろう。詞から思いは乱れるというのだ。まず「焦がるる」という詞があるから、思いは乱れてゆく。どうだろう。四首めの「ことばはつかに感情をそらす」も、詞が感情を言い当てることができないもどかしさを歌っている。詞は思いに届かないということだ。三首めは、詞よりもっと深く思い乱れてと解釈したい。

四首めは、閑吟集からの引用。歌集名にもなっている。世の中は、ちろりと瞬く間に過ぎてゆく。三島の「班女」では、花子の姿を通して永遠に待つことが至上の美だと語られている。森井はそれを踏まえて、永遠と一瞬の融合を歌っているのだ。

森井マスミは、引用の時空のアクロバットを楽しんでいる。引用の愉悦である。その世界に読者も引き込まれてゆくのだ。ゆっくり時間をかけて、解きほぐしていけばよい。そして「班女」の物語を借りながら、詞と心の乖離を歌っている。「白桃の芯」の主題と言ってよい。そして、この主題自体も和歌史からの引用であることは言うまでもない。

ソバニヰテイイノデスカ

重ね合ふことばよりたしかなるもの　夜は廊下をゆくぬき足で　「『死の棘』日記」
あなたに、ならば殺されてもいいと酢の罎つたふこはくの雫　「ひかりごけ」
日盛りの池をゆく蛇かげりつつ契りとはひとはだの首枷　「白菊の蕚」
切なさをわれにをしへしひとなれば桃のくれなゐつとにほひたつ　「阿佐緒より」

小説や他者の生をもとに作歌するのはなぜか。引用という方法の根拠は何か。それは想像力の回復ということに尽きるのではないか。日々のとりとめもない思いではない。想像力は、世界を構築するためにある。その素材として小説はあるのだ。0から構築することはできない。森井マスミの方法は、少数派のものであり、困難であるように思う。前衛短歌やニューウェーブとは違った〈私〉は現れるのだろうか。今後も注視したい。

讀まれざる日記(にき)の頁に　獸(けだもの)のにほひ沈めて　外は初雪

いちまいづつ病はがれてゆくやうな日日　妻と聽く遠い春雷

ひかりごけ

武田泰淳『ひかりごけ』が題材にしたペキン事件は、第二次世界大戦末期、難破した「暁部隊」の船長が、餓死した乗組員らをやむなく食べ、死體毀損および遺棄の罪に問はれた事件である。

あなたに、ならば殺されてもいいと酢の壜つたふこはくの雫

林檎箱には、頭蓋骨、手脚の骨、皮などが詰められてゐた

新聞に載らない事件　燈された店先に冬の林檎がならぶ

うんだ、天皇さまは、トッカリの肉を喰つたさうだな

體溫ののこる手觸りゆふかぜにはまなしの實はぽつと燈れり

悔恨は眞水のごとし海豹(トッカリ)の靑靑とした胴を抱けば

ひとの肉喰ふ奴ぁ、めつた、ゐるもんでねえて

死はときにうつつならねど濡れてゐる砥石に月の光はとどく

あの肉はときどき喰ひたくなるだ

くつくつと牛脂溶けだし落し蓋まだ浮いてゐる　幸福な日日に

アイヌは、鹿や熊を捕まへると必ず羅臼（ラウシ）で屠殺した

廊下からかたい靴音　羅臼湖をのぞむ個室のひるの眠りに

はまなしは見たことがないふたりして行くのは雨の港ばかりで

死者たちの寝顔がこはい　隣室が風巻（しま）く野になる冬の夜には

熊祭（イオマンテ）では、育てた小熊をカムイコタンに送るため、小熊を殺しその肉を喰ふ

チユルカモイ（我神）　ク子バックノ（至至今）　カモイニアヌワ（神為）　タントアナキ子（今日）　ヲマンテヱ（送見）

育てたる婦は嘆に不レ堪して、伏し轉び是を悲しむ

乳やりし小熊の笑顔　遠からうさびしからうと問へどこたへず

喰ふのは、よくねえこつた

飯(いひ)を炊く湯氣たちこめて　熊だつた。西川は熊だつた、と思ふ

粗鹽のこぼるる記憶　檻もたぬ肉食獸の聲の荒さは

ルシャ川といふ冬の川ひひらぎで刺したひとさし指また痛む

銃後といはいかなる戰地　絲を吐く熟蠶の身は飴色に透く

おらだつて、セイセンさスイコウするだよ
若者のビニール傘がいつせいに天（そら）を衝きさす　降り出したとき

もう一度やり直せたら　國境の重たい海が車窓に迫る

喪を知らす葉書が届く　記された名前にこころあたりがなくて

おめへの身體は、おめへの物ぢやねえ。天皇陛下のものだ

さし上げた臓腑のごとくさいはての港ににじむ冬の尾燈は

肉食の國家の舌が草食の國家にからむ　黄砂降る日に

人間の肉喰つたもんには、首のうしろに光の輪が出るだよ

臓器移植の成功告ぐる朝刊に粒子の粗き寫眞一枚

朱欒(うちむらさき)の厚き皮剝ぐ指先に香はたちて死に順番はある

あの方だつて、我慢してゐられるだけぢやないでせうか
反古になりさうでならないマツカウシの洞窟を見にゆく約束は

月夜にはつきかげがさす外苑の石積にむすひかりごけにも

黙深し

小笠原賢二。二〇〇四年十月四日逝く。

降り止まぬ雨此岸には秋の聲

極北に茘枝はじけて歸るひと

北映す工廠の窓鶴渡る

病**院**を出(い)でて空地に冬の虹

文藝のよこしまにして山椒の實

金柑の十の落日地震（なゐ）兆す

埋火や賢者に戀の文一通

雪しまく蟄居の男のうたたねに

朽野(くだちの)に兵士の背中見失ふ

告げざれば去年(こぞ)より重き寒椿

II

鹽壺

上田秋成は、曾根崎に生まれた。

父不詳母前(さき)の世は水無瀬川、牧野と下る難波女(なにはめ)なりき

はつなつの眞鴨碧(みどり)をうすくして　女系家族の食(け)はにぎやかに

父は、「崇禪寺馬場の仇討」の生田傳八郎とも。

王殺し三年（みとせ）經ぬうち托卵の卵（らん）よりかへるくちばしの黄

川風になびく柳の葉をのぼる柳葉蟲の背に黒き星

「四歳母マタ捨ツ」

五歳、疱瘡を患ふ。指に後遺症が残る。

神が汚しわが膚は熱おびて紺の潮によするうたかた

侘助椿のわき芽つのぐむ父の血の縹にあはく夏遠からじ

葦原にやはらかき雨行きずりのひとの白衣がふいにかをつて

此(これ)の世は墓穴　朝から戀貓の氣疎き聲が跨いでとほる

二十八歳、姉出奔。家業を繼ぐ。

淡路町切町小町似のをんな重きトランク引きて道訊く

おほちちが露臺で骨牌(カルタ)よむこゑす「いろはうつりにけりないたづらに」

〽夜も名殘、死にに行く身は曾根崎の銀（しろがね）の霜こよひは白く

臨終のくちびる明し蜆川　天(そら)満たす水甘露のごとし

火に焼（く）べず　水よりあはき戀文は祭の夜の水に流しぬ

大根の花はつはつと甚六の陽にかざしたる　掌（たなごころ）　狭し

四十二歳、醫業をひらく。

焼若布（やきわかめ）あぶる香たちぬ殺生のことそこそこに不惑はすぎて

髑髏町六波羅裏手　肘枕してやりすごす蟲出しの雷

夏風邪に稗田阿禮のしはぶきていにしへの「n」めぐる論争

五十五歳、左眼失明。

炎天の打ち水さつとひいてゆく山越來迎圖の山竝みよ

五十七歳。妻たま剃髪。

みづすまし水より輕きたましひの圓みづからを鎖（とざ）してやさし

六十歳、溺愛してゐた隣家の子が死亡。

瑠璃鶲（るりびたき）まだ青ささぬ背の上にはるしぐれ降るひと日の名殘

六十四歳、妻急死。

鹽壺に鹽、水差に水あふれ耳順(じじゅん)とは名ばかりの地團駄

涸れ井戸に冥府のあかり屈強といふにあらねど六尺二寸

六十五歳、右眼失明。

心眼もまた暗くしてひとけなき廚の甕にうかぶ麹塵（きくぢん）

老いは身に影とよりそふ秋麗の野紺菊さきなだるる一日

にくしみも戀ほし　ある日の晩餐に昏睡の牡蠣酢にしづみをり

澁滞の市バスの窓に瓜生石、瓜のみのらぬ千年は過ぐ

目白啼く〳〵長兵衛、中兵衛、中長兵衛

石榴の切口はみづみづし

みなそこの水の濃淡　餘生とはなにをあがなふべき白日か

「もう何もできぬゆゑに、煎茶をのんで死をきはめてゐる事ぢや」

枕頭の蚊遣火のあと菊待たずうたたねの夢はそのままに逝く

鱗茎はあまくふとりぬ鬼百合のほのほのつぼみ摘みてそののち

上田無腸翁之墓

蠶吐く銀（しろがね）の腸（わた）つゆぞらにただひとすぢの黄泉路わたせり

白菊の萼

上田秋成『雨月物語』

「菊花の約（ちぎり）」

春あひて夏にたび立ち再會の秋、霜枯の菊とならむに

左門は播磨の儒學者だつた

清貧の雨あたたかき軒の端に鵐（しとと）も濡るる褐色の羽

河骨の黄をけぶらする日向雨神には告げず客人(まれびと)來たる

白菊の頭花おもたし若書の歌集戀歌ばかりならんで

夕立のきてひとけなき神苑の水に緋鯉の緋はすれちがふ

赤穴は主君の死を聞き、國に歸る途中だつた。

筍はわらわら土をやぶりをり都をおほふ疫病（えやみ）のうはさ

〽一期は夢よただ狂へとや　たまゆらの義に流さるる血の色うすし

戀ならばこころあづくることやすし雉鳩は靑き首筋のべて

生くるため死すてふ詭辯生垣のくちなしに香の強き一輪

待たるるといふ春泥を踏みながらゆく白馬（あをうま）の影も泥の上

日盛りの池をゆく蛇かげりつつ契りとはひとはだの首枷

菊は散り椿は落つるそれぞれの季節の風にそそのかされて

天金のくすめるこころゆふばえの川面を雁の聲は飛び立つ

風の庭に萩ほつほつと咲きそめて命終（みやうじゆう）といふ著（しる）き一點

鈍色のひとみの底に木の實降る音かぞへをり凩の夜半

冰頭膾（ひづなます）透きとほる身にほほゑみはさむざむとして兄上の靈

もう戻ることのなき場所　竹林はさやさやと白緑をそよがす

長き夜のこころの沖に海ほたる冥き光の尾はただよへり

にくむほどひとを思へば白菊の花を支ふる萼のもろさよ

河内十人斬り／告白——今様　久米歌　Re-Mix

熊太郎は安政四年、河内國石川郡赤阪村水分の
百姓城戸平次の長男として生まれた。

生れは河内の水分（すゐぶん）で　幼い時から金剛の
山の嵐が子守唄　氣の荒いのはそれがため
大きくなつたら南朝の　忠臣楠木正成に
負けぬ男になるのだと　親の願ひはただひとつ

母三歳で病没し　父、繼母は不憫さ故に
甘やかしたが惡かつた　氣弱なうへに鈍くさく
獨樂鬼しては「よう回さん　あほとちやふか」と笑はれて
「牛の世話でもせえや」といはれ　「うたていわれ」と反抗す

峠を越えて眞つ直ぐに　いたら飛ぶ鳥飛鳥村
左ィ御所（ごぜ）、右五條　そこから千早峠越え
小深（こぶけ）へぬけて銀三の　水車潰した眞犯人
追へば街道の蛇穴に　數百の蛇がおごめきぬ

五歳のときに葛木神の　子孫と名のるモヘヤとドール
長尾街道の岩室の　寶劍、管玉(くだたま)散る中に
もののはづみで殺してからは　さらに思辨をもてあまし
無頼者となりはてた　どうしやうもないがしんたれ

どうせ決まつた身ィやんけ　まともに働くだけあほらしい
怏怏として樂しまず　盆茣蓙の前一心に
半丁の目をよむ間こそ　憂きこと忘れてゐられるが
出てはとられる茗荷の子　エンヤコラセ　ドッコイセ

よせばいいのにようじようこ　手傳（てつた）ふつもりが牛死なせ
辨償（まど）ひ代をば工面しに　道具屋からの歸り道
富田林で「城戸はんか。　わたいでんが」と呼ぶ聲に
持ち金二圓五十錢　博奕につぎ込み　ハードシタ

「なんかしとんねん」「じやかあつしや。あかんちふてるやろ、だぼが」

戸口をみれば十四、五の　綿服姿の少年が

「遊ばしたつてくれや」といふ　印傳革の巾著見れば

たんまり金子は五、十圓　エンヤコラセ　ドッコイセ

「わしが預かつといたるわ」　鹿追清やん巾著を
奪へどパチキかまされて　「へげたれが」「正味、殺すぞ、こらあ」
四匁(しめ)蠟燭の搖れる中　黴と埃と血のにほひ
ゐたたまらなさに熊太郎は　「もうやめとけや」と立ち上がる

納屋に横溢する暴力　葛城ドールを撲殺した
あの日の記憶が蘇る　成り行きまかせで五十圓
場銭浚へて賭場(やま)荒らし　「子供のお前がなんでまた
博奕しよう思たんや」　聞けば彌五郎語り出す

十二の年に農奴に賣られ　辛い勞働に耐へかねて
野宿生活、雨、旱　三つ違ひの妹梁（やな）の
奉公先の前借りを　拂ふつもりで博奕場へ
「おほきにな、兄さん。錢がでけた。」　しやあけど熊やん、すつからかん

十年たつて秋祭り　地車昇（か）くは良衆（ええし）の子
それを知つてか知らずか「わしに　昇かしたれや」と他所者が
騒ぐを仲裁してみれば　恩を忘れず水分村に
流れ著いたる谷彌五郎　交す盃義兄弟

南河内で名も高い　富田林で人も知る
松永一家の親分に　貸したお金の五十圓
踏み倒されて蹴飛ばされ　その弟の虎次郎に
女房とられて泣き寝入り　エンヤコラセ　ドッコイセ

血汐にまみれた熊太郎を　眺めて彌五郎が驚いた
誰にやられたのう兄貴　いはれて熊太郎血の涙
このまま死んでしまふたら　浮かぶ瀬もなく淵もなく
三途の川も渡られぬ　ソラ　ヨイトコサッサノ　ヨイヤサッサ

村のためゆゑ強欲な　お角婆とて同じこと
生かしておけない虎次郎　お縫も地獄の道連れに
およそ松永一家のうちで　息の通てる奴あれば
戸外の猫も鶏さへも　息の根止めずにおくものか

心彌猛（やたけ）にはやれども　今日で二十日も過ぎたのに
奈良の木辻へ行つたまま　歸らぬ彌五郎どうしたのやら
加勢するとは言ふたれど　心變りがしたものか
祭囃子も上の空　心亂れる熊太郎

釘の折れよりまだひどい　カタカナひらがな　混ぜ書に
「兄貴、すまないゆるしテくれ　奈良の木辻で網ガ下り
今ハ堀川監獄住まひ　務めて帰る待ツテくれ
借りは必ずふたりデ返ス　決シテひとりで無理スルな」

思ふてくれるか、有難い　會ふて詫びせにや氣が濟まぬ
郊外電車や市電さへ　なかつた時の大阪へ
行つて歸るは一日掛かり　赤い煉瓦もいかめしく
監獄署へと來てみれば　面會ならんと　ヨーホイホイ

阿波座で買ひ込む村田銃　湊町から汽車便で
送り届けて氣も輕く　京や伏見や奈良坂の
名所巡りを思ひ立ち　淀の川瀬は蒸氣で上り
伏見稲荷や宇治の里　京で名高い寺寺へ

これがこの世の名殘ごと　紅葉時雨れる大和路の
鹿の啼く音に誘はれて　若草山や二月堂
大佛殿も伏し拜み　三條通りの刀屋で
二振求めて水分村へ　歸りや霜月木枯らし日

春を待つには寒椿　しばし薦著て冬ごもり
明くれば明治二十六年　河内平野に春が來て
花は笑へど花咲かぬ　舍弟、彌五郎が放免に
なる日を待てば梅雨晴れの　空歸り來ぬ　ヨーホイホイ

皐月の雨に睦まじく　縫を伴ひ村の墓地
相合傘で來てみれば　「城戸熊太郎之墓」とあり
兩手合せて熊太郎　「調伏　調伏　調伏」と
唱ふるその日は楠公忌　ソラ　ヨイトコサッサノ　ヨイヤサッサ

篠突く雨に蓑と笠　道の標に松明を
持たねど昔元久に　父の仇討つ曾我兄弟
兄十郎と五郎丸　時と所は違へども
無念晴らさんこのために　懸ける命は同じこと

河内の　松永一家に　人多に（ひとさは）　來入り居り　人多に　來入
り居りとも　みつみつし　熊と彌五郎が　村田銃　國吉（くによし）持
ちて　撃ちてし止まむ　みつみつし　熊と彌五郎が　村田
銃　國吉持ちて　今撃たば宜（よろ）し

みつみつし　熊と彌五郎が　水分には　臭韮一本（かみらひともと）　そねが

本（もと）　そね芽繫ぎて　擊ちてし止まむ

みつみつし　水分の子等が　垣下(かきもと)に　植ゑし椒(はじかみ)　口ひひ
く　吾は忘れじ　撃ちてし止まむ

魂弔ふ村人は　河内音頭に供養を込めて
男もつなら熊太郎彌五郎　十人殺して名を残す
エンヤコラセ　ドッコイセ　戀の意氣地を貫いて
河内木綿を血で染める　今は昔の物語

町田康『告白』は、「讀賣新聞　夕刊」に二〇〇四年三月五日から、二〇〇五年三月八日まで連載され、中央公論新社より二〇〇五年三月に出版された。

『河内十人斬り』は、京山幸枝若『河内音頭　河内十人斬り〜愛憎編〜』『河内音頭　河内十人斬り〜怒濤編〜』（コロンビア、二〇〇六年）を参照した。

III

花茗荷

更紗木蓮（さらもくれん）もたざる香こそかぐはしき　ことばの餘白、こひの空白

こころざしなかばとだえてはつなつの晝夜をわかつ烈風一過

畢竟は違（たが）はぬうつつまぼろしの詩歌、底ひに水奔るなり

ことばすててかなしみかろし　薄氷にはるけき火の香聴く木蓮忌

われを措き滅びたるてふ世の涯（はたて）あたりににほひたつ花茗荷

みづの記憶

いきてゐることの既視感魚（うを）放つ水に溶け出すそらの手ざはり

溺死者のやうな寝姿戀人の　顋（あぎと）をふさぐ稀の白夜に

死者たちを「同胞」と呼ぶ聲遠く　ジギタリス水吐きだして朽つ
數に溺るる爲政者と鮮紅のダリア蘂より腐す長雨

いのる姿の胎児ばかりがうまれおち東方にけたたましき靜寂

自分から宛てられたウイルス・メール國籍不明の肉は煮くづれて

墜落のごときあきらめ銃眼のそら埋め盡くす夏至の白鳥

からすみは鹽になじみてぷつぷつと音たてて消ゆる水棲の戀

杏仁霜

寒廚（かんちゅう）にしづむ煮こごり　わざはひはあかつきのごとく東より來て

土御門家（つちみかどけ）長子春雄（はるたけ）干鰈（ひがれひ）をあぶるけむりの先なる政變

夏大根の辛きに涙ぐみておほちちが老い放題の清しさ

死を掬ふことばあらなむ（寫生とは美しい嘘）とかの茂吉はいはねど

審美的（エステティック）とルビはふられてやや低き須磨子の鼻にたかる蒼蠅

霜は睫毛より溶けはじめ　うなだるる肩にふりつむ未生の淡雪

表象の限界あたり風饐えて文久の人　森林太郎

杏仁霜固まるさなか　老いは死といふ苦き蜜にうかぶ泡沫（うたかた）

茗荷汁ふつふつ煮えて漱石が見し文學の彼岸　遠く、遠く

遺失物

廣島市猿樂町といふ遺失物メレンゲはむくむく太りて

非戰闘員の自殺が増えてゐる

戰闘と非戰闘との境界線あけびうすむらさきを濃くせり

鈍き殺意は平和と呼ばれ褐色の魂（たま）たちのぼるインカコーラに

白きシャツ眞冬の空にさらされて時間はゆつくり左へ流る

卓上の手袋の指みだるるを　フロイトの父に三人の妻

讀みさしのルソー『告白』書かれざる科（とが）一、三　隣室なる情事（いろごと）

新妻が海鞘きざむ廚その先の終末論的原野にむかって

たましひも肉體の一部　オレンヂの魚卵ぎうぎう瓶にひしめく

いくさつひにおこらざりしが突風になぎたふさるる千のマネキン

肋一本缺きゐる男外套の襟立てて出づ Bar「Paradise」

幻肢痛

はじかみにくれなゐ濃くて眷戀の若者の上に白銀の霜

革命も戀もはるけし壯年の流離のはてにして秋霰

縦隊をよこぎる疾風(はやて)　わかものの生はつらつと、死はつつがなし

よろこびのさなかの憂ひこの國をするするかがる赤きカタン絲

華燭のごとき基地の燈ともり大いなる虚妄のなかに莖立(くくだ)ちの兄

八月といふ幻肢痛花嫁の獨逸レースにかろきほころび

自衛隊ではかう言ふといふ

拂曉（ビフォア・モーニング・ノーチカル・トワイライト）　日本語滅ぶいくさを連ねて

しづかに開いた扉（と）の凩にけふも立つ戰地の父上よ、お歸り

默の坩堝に

かなしみの一縷の不在飼ひならす　ゆるくやさしいものに突かれて
ためらひが鈍色の掌をかざしつつ　鎖状のものにまかれはじめる

疑ひにかろき手ざはり　花びらは重なるほどに解（ほど）けやすくて

黒海の鹽ひとつまみアーティチョーク嘘ふつふつと鍋底にゆれ

くづれやすさは頑なさをよそほひて夜氣にふれあふアボカドの果皮

溺愛のかそけき憂鬱　つき刺したフォークにすべる白きコンキリエ

シニフィエは皮膚にやどりて脱ぎかけたシャツに擦れあふ私と私

ゆくへ知らざる夢くくるとき　沈丁の花散りやまぬ黙（もだ）の坩堝に

ちりつばき

『瀏喨』の「眷戀覺書」、一九九八年十一月一日倉敷にて脱稿。

いくたびかいのち澄む夜のちりつばき　にほふうつつに夢の縦痍(たてきず)

時さへも淡(うす)めぬにほひなほふふむ記憶のそこにひとはたたずむ

大原美術館にて二首

「愛國」に靡く白旗汝知らむ神復活のために死すてふ

街角にまりああふれし敗戰の　赤き林檎と私生児イエス

復活祭前夜帰りし兄とイエス死すべきいのち二度まで生きて

夢にあらはる兄がさしだすてのひらにイエスと同じ赤銅の疵

かへりみざれば乳白の過去なべて死を喚びさます潮(うしほ)の紺青

眷戀の死を否みえず見ゆる青罌粟にまぼろしせめぐを生きて

ながらふるいのちを緋連雀のかげよこぎるまぼろしこそは眷戀

朝靄のうすくれなゐに世をおほふ　戀しかるものみなうつろひて

卵
塔場
かがよ
ふ蜻蛉な
がらふるい
のちを悲
戀死こ
そ顯
戀

Ⅳ

阿佐緒より

朝なればさやらさやらに君が帯結ぶひびきのかなしかりけり

古泉千樫

きぬぎぬのかなしみをよんだ、透明感ある響きの高い一首である。この「君」が同じアララギの歌人・原阿佐緒であり、このとき千樫の妻が身籠つてゐたといふ事實をそこに竝べても、この歌の眞實がそこなはれることはない。世間的な事情と折り合ひきれぬまま、しかし相手を思ひやり思ひ通す、まことのこころのひとときの結晶がこの歌にはある。

結局のところ、千樫と阿佐緒は別れた。心勞で千樫の妻の乳が出なくなり、生まれてまもなく子は死んだのである。「戀多き女」といはれる阿佐緒だが、彼女にとつて戀とは常に〝憂ひ〟を伴ふものであつた。彼女自身「戀を戀ふる少女心の殘りゐて」と歌つてゐるやうに、そのあどけなさと無防備さが、誤解と禍を引き寄せた原因であらう。だが、清き、ひたむきなる愛の焔が、世間と個人の隙間のひとすぢに、はかなく燃え上がるといふのも常なのかもしれない。

切なさをわれにをしへしひとなれば桃のくれなゐつとにほひたつ

桃の實の汚れやすきを手にとりてそつと渡せり告白のごと

桃の花くれなゐこぼる相見てののちのこころに　くれなゐこぼる

しんしんと旅の髪梳くあさぼらけけふきみに相まみえむとして

死ぬべき身死なであるさへいとほしききみをうつつに夢に見るため

夢ののちわかれたる日のさるすべり　花やや褪せて空にちりはつ

一本の電報届く　きみの來ぬ海邊の宿に海鳴止みぬ

わたくしの海藍色をうしなひて　逢はで歸れば月かうかうと

六〇〇〇度の愛

長崎に原爆が投下されたのは、一九四五年八月九日午前十一時二分。
第二次世界大戰が終結したのは、同八月十五日。聖母被昇天の日であつた。

ママ、お腹空いたよ。

つかまれたスカートの裾　ママといふ軛(くびき)はときにたよりなさすぎて

非常ベル誤作動ぢやない長崎が雨雲のやうにわたしをつつむ

きみはきっとパパに似ないわ　午後五時の甘いカレーはきみとパパのため

抱きあげる腕やはらかく　いつの日か誰かをぎゅうつと苦しめる腕

隣人の妊婦のお腹　むくむくと赤ちゃんみたいに雲は動いて

著ぐるみの動物たちと踊つてゐる青年の腕淡き體毛

イエスは、「水を飲ませてください」と言はれた
もつと渇きもつとくたびれるがいいと　思ひしやかのサマリヤ女も

サマリヤの女には五人の夫がゐた
勘違ひしかない關係かたかたとキッチンタイマー小刻みに搖れ

純白の雲花嫁のヴェールみたいね　「ファットマン」とは太つた男

包帯はからまりながら　思ひ出の血痕うすく風にさらせば

この地ではみんな死體のやうに眠る　凌辱された少女みたいに
わたしから受取つたものはみんなうそ　やさしさもとまどひも甘えも

かけちがひつづけたボタン　胸元をひらいて眠る海を聴きたくて

まるでひどい暴力を受けた少女のやうだ

隠された傷痕のやう夾竹桃葉を垂るる乳かくまで白く

鹽鹹き魚卵を舌の上(へ)につぶす　臨月の母なに思ひしや

子を宿し白き桃もぐ若き母うらやみながらわれは見てゐし

「長崎といふ肉體」

はちきれる寸前のうめもどきの朱　男は生めぬ性をもてあまし

故障誤算投下失敗かさねなほ「太つた男」は事に及んだ

快樂はない痛みだけ　「街が見える。「Tally ho!」[*]と男は叫んだ

*攻撃目標視認

「寒い、寒い。何か著せて」と聲がする　六〇〇〇度の地に七〇〇〇〇〇の死者

下腹が鈍く重たい切れかかる電球、きのこ雲が動いた
青年のからだが沈む眞四角なベッドに輕き記憶の空白

盲人のやうにあなたの勾配をのぼる顔から首筋、胸へと

きのこ雲ふくらんでゆく蔓ばらの痛みあなたのかたちをもとめて

あなたとの境界線が熔けてゆく「ファットマン」とはわたくしだつた

悦びのさ中の〈長崎〉坂といふ坂に夾竹桃は咲きつぐ

おかあさまはあんなにおうつくしかつたわ　被爆マリアにふたつの空洞
もうみづをくむのはいやよサマリヤの女は渇くナガサキのやうに

彼は修道士見習だつた

あの犬は一生飢ゑる　青年の膚に焦がれて喰ひつくすまで

わたくしをはじめて濡らす長崎の雨死者たちの吐く息が熱い

鹿島田眞希『六〇〇〇度の愛』は、
二〇〇五年二月「新潮」に發表された。

あとがき

塚本邦雄の研究室を訪れてから、ちやうど十年になる。その日はじめて短歌をつくつた。塚本邦雄の名を知つたのは、「金枝篇(ネミ)と金雀児(ジュネ)と金絲雀(カナリヤ)」。寺山修司が逝つた一九八三年のことである。

その絢爛たることばに魅了され、來る日も〱も頁を追つた。府立中之島圖書館で、歌集の文字を大切にノートに寫し取る自分が、すぐそこにゐるやうだ。塚本ゼミのみんなと、週に二度の歌會に興じてゐた日日が、昨日のことのやうに思はれる。そして師を喪つて、早三年が經つ。來し方を振り返るとき、時間の濃淡は一様ではない。歌集のタイトルは『閑吟集』の、「世間(よのなか)は　ちろりに過ぐる　ちろり〱」からとつた。

「私」に疲弊してゐた十代、「初蝶は現(あ)るる一瞬とほざかる言葉越ゆべきこころあらねど」「夢の沖に鶴立ちまよふ　ことばとはいのちを思ひ出づるよすが」といつた、塚本の歌に救はれた。

ここ數年、小說などに想を得て作を成してゐるが、日常詠や境涯詠とは異なる「私」に、違和感をもたれるかもしれない。しかしかうした「私」もまた、「私」の桎梏から自由ではなく、その不自由を文學の殘滓として惜しむことでしか、文學は存立してゆくことができないのではないか、といつた危機感をもつ。世の中には文學とは無緣の、「私」や「感動」が氾濫してゐる。だが、短歌の本質は抒情であり、これは塚本邦雄の作品にあつても變りがない。

小笠原賢二氏が亡くなられたとき、Ⅰの最後の一連を詠んだ。どうしても五七五七七にならなかつたものであり、短歌ではないがここに加へた。Ⅱは原作者が上田秋成、町田康といふ、大阪ゆかりの人物であり、愛著が深い。

上梓にあたつてはお忙しい中、尾崎まゆみ氏、加藤治郎氏、藤原龍一郎氏、吉川宏志氏に、栞文をいただいた。この上ない喜びであり、心より感謝申し上げる。

最後になつたが、短歌研究社の堀山和子氏、菊池洋美氏、装訂の間村俊一氏には、たいへんお世話になつた。深く感謝申し上げる。その他、多くの方方のおかげでこの一冊が成つた。感謝して止まない。

二〇〇八年秋分

森井マスミ

初出一覧

白桃の芯　「GANYMEDE」　二〇〇五年十二月
『死の棘』日記　「GANYMEDE」　二〇〇七年四月
ひかりごけ　「GANYMEDE」　二〇〇六年十月
默深し　「玲瓏」60號　二〇〇五年二月
鹽壺　「GANYMEDE」　二〇〇五年十二月
白菊の蕚　「GANYMEDE」　二〇〇五年十二月
河内十人斬り／告白―今様　久米歌　Re-Mix　「GANYMEDE」　二〇〇八年四月
花茗荷　「玲瓏」別册　二〇〇〇年十一月
みづの記憶　「玲瓏」57號　二〇〇四年一月
杏仁霜　「玲瓏」56號　二〇〇三年九月
「玲瓏」別册　一九九九年十一月
遺失物　「玲瓏」58號　二〇〇四年五月
「玲瓏」別册　二〇〇〇年十一月
幻肢痛　「玲瓏」59號　二〇〇四年九月
「玲瓏」別册　二〇〇〇年九月
ちりつばき　「嚠喨」　一九九九年三月
「玲瓏」別册　一九九九年十月
默の坩堝に　「玲瓏」55號　二〇〇三年三月
「玲瓏」別册　一九九八年十一月
阿佐緒より　「短歌研究」　二〇〇八年二月
六〇〇〇度の愛　「GANYMEDE」　二〇〇七年十二月

著者略歴

1968年　大阪に生まれる。

1991年　關西大學文學部哲學科卒業。

1998年　近畿大學大學院文藝學研究科入學。
　　　　塚本邦雄に師事。

2000年　日本大學大學院文學研究科入學。

2004年　第22回現代短歌評論賞受賞。
　　　　「玲瓏」編集委員。

歌集　ちろりに過(す)ぐる

二〇〇九年八月七日　印刷發行

著者――森井(もりゐ)マスミ
愛知縣名古屋市千種區星ヶ丘一―二三―四　九―一〇〇八　郵便番號四六四―〇八〇一

發行者――堀山和子
發行所――短歌研究社
東京都文京區音羽一―一七―一四　音羽YKビル　郵便番號一一二―〇〇一三
電話〇三―三九四四―四八二二番　振替〇〇一九〇―九―二四三七五
印刷――東京研文社
製本――牧製本
カバー寫眞――鬼海弘雄
裝訂――間村俊一
定價――本體三〇〇〇圓（税別）

ISBN 978-4-86272-121-9　C0092　¥3000E